STEFAN TÜR

Conversazioni con l'amico che è in me

Stefan Tür, nato a Berlino nel 1947, visse e scrisse
sul mare. Il suo percorso professionale nelle arti
grafiche fu segnato dal desiderio di creatività.

Ma soltanto nella scrittura,
come palco della propria
fantasia, egli trovò la vera
realizzazione personale.
Con questo primo volume
di poesia, che fa seguito alla
serie di romanzi ‚ChancenPool',
prosegue il suo cammino.

Stefan Tür

Conversazioni
con l'amico che è in me

POESIA LIBERA

Contenuto

Per Dany

Parole introduttive

Con i miei versi vorrei
condividere con voi i pensieri,
che mi vengono in mente, di notte,
sotto il cielo stellato mentre navigo sull'oceano
al soffio di un vento leggero,
accompagnato da delfini.

E quando la mia coscienza
in fuga verso una delle ultime libertà
sta per raggiungere il picco,
mi ispira a cantare versi,
e allora il testo di
"I'm sorry, my friend"
mi viene subito in mente.

Azzorre, maggio 2022

Prologo – Riflessione

Centrale a Vigilante del distretto 17:
„Che ci fa quell'uomo per strada?"

Vigilante a Centrale:
„Il numero 832 si è dimesso."

Centrale a Vigilante:
„Impossibile, vige un divieto di dimissione!"

Vigilante a Centrale:
„Dopo 12 anni, non voleva più stare ad aspettare
lo stipendio."

Centrale a Vigilante:
„Non serve, il denaro è stato abolito!"

Vigilante a Centrale:
„Che si fa con lui?"

Centrale a Vigilante:
„Sganciarlo dal sistema, abbandonarlo a sé stesso,
riassegnare il numero."

Vigilante a Centrale:
„Sarà fatto."

Centrale a Vigilante:
„Aumentare il ritmo dell'orologio, non lasciare tempo
per pensare!"

1

Conosci la gabbia, amico mio?
Quella che nessuno vede,
che si avverte solamente dentro.
Ha vissuto tutto,
ma non capisce più nulla.
Sta solo bruciando dentro.

Conosci la gabbia, amico mio?
Un'esistenza con domande,
risposte — mancate.
Le verità taciute.
Diritti — negati.
La vita, sorvegliato.

Conosci la gabbia, amico mio?
Il mondo degli abbandonati?
Dalla mattina presto fino a tarda notte,
la stessa routine giorno dopo giorno.
Notizie come pasto, continuamente.
Monotonia con sistema.

Conosci la gabbia, amico mio?
Che meraviglia, il conforto.
Nulla da cambiare.
Responsabilità, non più.
Intrappolato, sì,
proprio come un animale.

Conosci la gabbia, amico mio?
Proprio con un animale del genere.
Che non sogna più la libertà.
Non desidera più fuggire.
Certamente un animale distrutto.
Come anche noi a breve?

2

Non abbiamo più acqua.
Scarseggia, amico mio.
Gli oceani sono inquinanti,
i paesaggi si stanno desertificando,
e anche nell'aria c'è qualcosa che non va.

No, amico mio,
Abbiamo smesso da tempo di svegliarci con la luce del sole.
Persino la luna si vede a stento
e il cielo senza stelle.
Anche Marte - invisibile.

Mi chiedo dove siano finiti?
Coloro a cui l'umanità era estranea.
Ci hanno lasciato solo la loro immondizia,
insieme alla foschia disgustosa,
che trasforma il tempo in eternità.

Che non ritorni mai più,
l'ultimo dei loro esseri.
Quando si sono consumati lassù.
Ancora una volta non riusciva a far fronte alla contentezza.
Allora neanche Dio dovrebbe più conoscere pietà.

Ma cosa possiamo fare, amico mio?
Quando tutto sembra troppo tardi.
Quando alla notte non segue più il mattino.
Quando rimane buio,
freddo, e non torna più il caldo.

Soprattutto, non essere triste, amico mio.
Non siamo perduti.
No, amico mio, non lo siamo.
Neanche per sogno.
Riprendiamocela, la vita.

È così che vuole la natura!
Uniamo le forze, amico mio.
Andiamo nella terra della luce.
Piantiamo un albero lì.
Il nostro albero.

Vedete questo uccello che volae?
Sulla strada per trovare un posto.
Seguiamolo, amico mio.
Ci dà speranza.
Almeno fino a domani.

Ma puoi dirmi, amico mio,
come è potuto accadere?
Come siamo giunti a questo punto,
come è andata a finire?
Non è certo stata la natura a volerlo?

Oppure, amico mio, è questa la vera natura?
Seguendo le sue leggi,
senza giustizia e senza riguardo del bene e del male.
L'uomo con la sua capacità di pensare,
un errore di questa natura?

Cosa ne pensi, amico mio?
Siamo solo carne da macello per i più potenti?
Cibo per gli spietati,
nel migliore dei casi humus?
Solo Dio lo saprà.

Ho sete, amico mio.
Desiderio di freschezza.
La terra è rotonda,
come dicono gli antichi.
Quindi vai avanti, amico mio, sempre avanti.

Possiamo farcela,
di sicuro, amico mio!
E tutto andrà di nuovo bene.
Prendi dalla mia ultima acqua
e tu vola avanti, mio caro amico.

3

Mi dispiace, amico mio,
ma non posso aiutarti.
Scusa, anch'io sono in cattive acque.
Voglio che tu lo sappia.
Quindi aiuta te stesso.
Sì, devi farlo.
Davvero, assolutamente.
Puoi farcela.

Ma, amico mio,
non sei solo.
Questo almeno no.
Ora mi hai incontrato.
E chissà,
forse domani ci sarà qualcun altro
che come noi.
Pensa che le cose per lui non vanno bene.
Per qualsiasi motivo.

E, amico mio,
ora che ci penso,
potrebbe non essere la cosa peggiore.
Forse sarà addirittura meglio.
Meglio per tutti noi.
Questo può succedere.
A volte dobbiamo solo crederci.
Più che mai.
E ancora e ancora.

Sì, amico mio,
allora siamo tutti fratelli e sorelle.
Anche se ognuno segue il proprio percorso,
siamo insieme sulla stessa strada.
Penso sia la strada giusta.
Ma anche l'unica che ci è rimasta.
E alla fine ci renderemo conto,
che non siamo così in difficoltà.
Lo vedo.

Bene, amico mio,
ora tocca a te.
Mi seguirai?
Hai ancora la forza?
Capisci la tua opportunità?
Magari l'ultima?
Non perderla.
Fa' del tuo meglio,
solo per te stesso.

Guarda, amico mio,
forse, dopotutto, sono riuscito ad aiutarti.
Sarebbe bello, anche per me.
E, fra tutta la ricchezza del mondo,
per me sarebbe la più grande.
Non dimentichiamo mai la condizione umana.
Allora saremo più ricchi,
di tutti quelli
che vogliono vederci poveri.

Quindi, mio grande amico,
ora spero,
che ci incontreremo di nuovo
e saremo allora più contenti.
Ovunque sia.
Non vedo l'ora
che arrivi questo momento.
Forse allora le nostre strade
non si separeranno mai più.

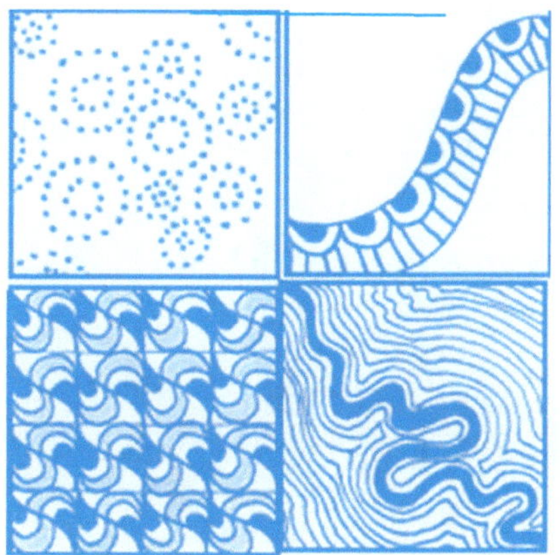

4

Qual è la strada, amico mio?
La strada della felicità?
Tornare all'umanità,
tornare alla pace,
in armonia con la natura,
il paradiso in terra?

Cosa fare per trovare la strada?
Essere una persona buona,
onesta e disponibile?
Un uomo cattivo,
mendace e avido?
Essere guidato da cosa?

Anche da un piccolo fiore?
Il ronzio delle api,
il gracchiare delle rane,
un agnellino al pascolo,
l'aquila che volteggia,
il sole che tramonta?

Può essere la nostra ancora?
Cosa senti, amico mio?
Cosa ti dice il tuo sentimento?
Quali sono le tue domande,
quando guardi a questo mondo,
quando osi guardare al domani?

Di cosa hai paura, amico mio?
Quando pensi a tutto ciò che ti è caro,
che la vostra vita è da proteggere,
che moriresti per salvare.
È l'idea di essere perduto senza difese?
Allora lascia che la spada di Dio diventi la tua.

5

Cosa ne pensi, amico mio?
Come possiamo procedere,
cosa ne sarà di noi,
cosa ci aspetta,
cosa attraverseremo?
Il tempo, cosa ci porterà?

Cosa ci riserva,
la vita?
Possiamo gioire,
dobbiamo aver paura?
Chi sono i nostri amici,
chi i nostri nemici?

Come li distinguiamo,
i buoni dai cattivi?
In cosa sono diversi,
quali sono le loro azioni?
Quali sono le loro promesse?
Hanno nomi, volti?

6

Sei soddisfatto, amico mio,
di come coltivi la tua terra?
Il seme fiorisce, il bestiame si gode il pascolo?
Una famiglia riempie la tua casa?
Ottieni ciò che è giusto dalla giornata,
una serata meritata ti porta gioia?
Allora, amico mio, non aspirare ad altro.

Sei soddisfatto, amico mio,
di come ti senti?
Di ciò che il tuo corpo ti lascia raggiungere
e la tua mente ti lascia capire?
Se la salute è la tua forza
e la perseveranza la tua superiorità.
Allora, amico mio, attieniti a questo.

Sei soddisfatto, amico mio,
di come l'amore ti circonda?
Di come ti ha modellato da bambino?
Di come ti accompagna d'ora in poi nel tuo percorso di vita?
Se non riesci a immaginarti di perderlo mai.
Se è l'unica cosa vera per te.
Allora, amico mio, la fortuna ti ha scelto.

Sei soddisfatto, amico mio,
di come vivi la libertà?
Di cosa ti permette e consente ancora?
Di cosa puoi pensare e dire?
Di dove ti puoi trasferire?
O cosa della parola ti sembra dubbio?
Allora amico mio, stai in guardia.

7

Cosa desidereresti, amico mio,
se potessi scegliere?
Sarebbe affetto, amore, attaccamento
o potere, ricchezza, immortalità?
Sarebbe una vita nella natura selvaggia
o nel calderone delle metropoli?

Quali sono i tuoi sogni, amico mio,
quando ti crogioli nei tuoi pensieri?
È contentezza per tutti noi
o ossessione per l'avidità?
È dare e condividere
o rubare e accaparrare?

Cosa ne pensi di Dio, amico mio,
quando ti guardi dentro?
Vedi il Creatore di tutte le glorie?
E le crudeltà come opera del diavolo?
Sei soddisfatto in armonia con questo
o ti pone delle domande?

Cosa temi nella natura, amico mio,
quando consideri le sue conseguenze?
È la ferocia per puro desiderio della sopravvivenza?
Come risultato della vitalità dell'universo?
In cui Dio incarna in noi la natura,
che non conosce né il bene né il male.

Cosa significa la verità per te, amico mio,
quando si tratta di giudicare ciò che è vero nella fede,
di vedere il diavolo come un nemico accanto a Dio,
invece che come suo complice nel male?
Tutto è forse una credenza errata?
Il diavolo senza potere è solo uno strumento di Dio?

Canzone ©

I'm sorry, my friend,
But I can't help you.
Sorry, but I'm badly off myself.
You should know that.
So help yourself.
You've really got to help yourself.
Really,
You can do it yourself.

But know, my friend,
You are not alone.
At least not now.
Now you have met me.
And who knows,
Maybe tomorrow there will be someone else,
That is like us.
Who feels, it's not going well for him.
Whatever the reason.

And now, my friend,
When I think about it,
Maybe things could be worse.
Maybe it will get better.
Better for all of us.
This can happen.
Sometimes we just have to believe.
Be positive.
Again and again.

Yes, really, my friend,
We are all brothers and sisters.
Even if everyone is going his own way,
We are all connected in some way.
It's how it should be.
And also the only way that remains for us.
And in the end we will see,
That we'll feel better about things.
That's how I see it.

See, my friend,
Now it's up to you.
Are you up for it?
Do you still have the strength?
Do you see your chance?
Maybe it's your last.
Don't miss it.
Make the best of things,
Do it for you.

Well, my friend,
Maybe I've helped you after all.
That would be good, that we stick together.
And, that's what really counts.
Forget about money.
What counts is humanity.
With that we are richer,
Than those
Who want to see us poor.

So, my dear friend,
Now I hope,
We'll meet again.
When things are looking better,
Wherever that may be.
I'm already looking
Forward to that moment.
Maybe then our paths
Will never part again.

www.ingramcontent.com/pod-product-compliance
Lightning Source LLC
Chambersburg PA
CBHW040931110726
48006CB00001B/146